KB207345

정호승 시집

사랑하다가 죽어버려라

차　례

제 1 부

새 ……………………………………………… 8

미안하다 ………………………………………… 9

그리운 부석사 ………………………………… 10

밥 먹는 법 ……………………………………… 11

수덕사역 ………………………………………… 12

물 위에 쓴 시 ………………………………… 13

별똥별 …………………………………………… 14

국　밥 …………………………………………… 15

봄　밤 …………………………………………… 16

인수봉 …………………………………………… 17

봄　길 …………………………………………… 18

추억이 없다 …………………………………… 19

기　차 …………………………………………… 20

봄　눈 …………………………………………… 21

키스에 대한 책임 ……………………………… 22

사　랑 …………………………………………… 23

연　어 …………………………………………… 24

폭포 앞에서 ·················· 25

갈대를 위하여 ·················· 26

늙은 어머니의 젖가슴을 만지며 ·················· 27

첫 눈 ·················· 28

산을 오르며 ·················· 30

흐르는 서울역 ·················· 31

삽 ·················· 32

루즈가 묻은 담배꽁초는 섹시하다 ·················· 34

제 2 부

허허바다 ·················· 36

허허바다 ·················· 37

누더기별 ·················· 38

모른다 ·················· 39

축하합니다 ·················· 40

상처는 스승이다 ·················· 41

벗에게 부탁함 ·················· 42

등신불 ·················· 43

배가 고프다 ·················· 44

蘭 앞에 엎드려 울다 ·················· 46

미시령 ·················· 47

외나무다리 …………………………… 48

겨울밤 ……………………………… 49

望鏡寺 ……………………………… 50

희방폭포 …………………………… 51

당고개 ……………………………… 52

실크 로드 ………………………… 53

서귀포에서 ………………………… 54

감포에서 …………………………… 55

첫눈 오는 날 ……………………… 56

칼 날 ……………………………… 57

갈대는 새벽에 울지 않는다 ……… 58

슬프다 구주 오셨네 ……………… 59

잎새에게 …………………………… 60

마음의 사막 ……………………… 61

제 3 부

새벽 기도 ………………………… 64

모두 드리리 ……………………… 65

당신에게 …………………………… 66

까 닭 ……………………………… 67

내 마음속의 마음이 ……………… 68

기다림 ……………………………………………… *69*

못 ……………………………………………………… *70*

새우잠…………………………………………………… *71*

끝끝내 …………………………………………………… *72*

첫키스에 대하여 ……………………………………… *73*

기 적 …………………………………………………… *74*

거리에서 ………………………………………………… *75*

사랑할 원수가 없어서 슬프다 ……………………… *76*

그는 ……………………………………………………… *77*

강 물 …………………………………………………… *78*

애인이여 ………………………………………………… *79*

영안실 입구 …………………………………………… *80*

壽衣를 만드시는 어머니 ……………………………… *82*

황순원 선생의 틀니 …………………………………… *84*

洗足式을 위하여 ……………………………………… *86*

해 설 ……………………………………… 하 응 백 • *88*

후 기 ………………………………………………… *102*

제 1 부

새

새가 죽었다
참나무 장작으로
다비를 하고 나자
새의 몸에서도 사리가 나왔다
겨울 가야산에
누덕누덕 눈은 내리는데
사리를 친견하려는 사람들이
새떼처럼 몰려왔다

미안하다

길이 끝나는 곳에 산이 있었다
산이 끝나는 곳에 길이 있었다
다시 길이 끝나는 곳에 산이 있었다
산이 끝나는 곳에 네가 있었다
무릎과 무릎 사이에 얼굴을 묻고 울고 있었다
미안하다
너를 사랑해서 미안하다

그리운 부석사

사랑하다가 죽어버려라
오죽하면 비로자나불이 손가락에 매달려 앉아 있겠느냐
기다리다가 죽어버려라
오죽하면 아미타불이 모가지를 베어서 베개로 삼겠느냐
새벽이 지나도록
摩旨를 올리는 쇠종 소리는 울리지 않는데
나는 부석사 당간지주 앞에 평생을 앉아
그대에게 밥 한 그릇 올리지 못하고
눈물 속에 절 하나 지었다 부수네
하늘 나는 돌 위에 절 하나 짓네

밥 먹는 법

밥상 앞에
무릎을 꿇지 말 것
눈물로 만든 밥보다
모래로 만든 밥을 먼저 먹을 것

무엇보다도
전시된 밥은 먹지 말 것
먹더라도 혼자 먹을 것
아니면 차라리 굶을 것
굶어서 가벼워질 것

때때로
바람 부는 날이면
풀잎을 햇살에 비벼 먹을 것
그래도 배가 고프면
입을 없앨 것

수덕사역

꽃을 버리고 기차를 타다
꽃을 버리고 수덕사역에 내리다

수덕사로 달팽이 한 마리 기어가다
수덕사로 개미 한 마리 기어가다

해는 저물고
수덕사로 가는 눈길
발은 없고 발자국만 남아 있다

악 !

물 위에 쓴 시

　내 천 개의 손 중 단 하나의 손만이 그대의 눈물을 닦아
주다가
　내 천 개의 눈 중 단 하나의 눈만이 그대를 위해 눈물을
흘리다가
　물이 다하고 산이 다하여 길이 없는 밤은 너무 깊어
　달빛이 시퍼렇게 칼을 갈아 가지고 달려와 날카롭게 내
심장을 찔러
　이제는 내 천 개의 손이 그대의 눈물을 닦아줍니다
　내 천 개의 눈이 그대를 위해 눈물을 흘립니다

별 똥 별

밤의 몽유도원도 속으로 별똥별 하나 진다
몽유도원도 속에 쭈그리고 앉아 울던 사내
천천히 일어나 별똥별을 줍는다
사내여, 그 별을 나를 향해 던져다오
나는 그 별에 맞아 죽고 싶다

국   밥

사람 사는 세상에 살면서
소머리 국밥을 먹는다
소들이 사는 세상에서는
소들이 사람머리 국밥을 먹는다

봄   밤

부활절 날 밤
겸손히 무릎을 꿇고
사람의 발보다
개미의 발을 씻긴다

연탄재가 버려진
달빛 아래
저 골목길

개미가 걸어간 길이
사람이 걸어간 길보다
더 아름답다

인 수 봉

바라보지 않아도 바라보고
기다리지 않아도 기다리고
올라가지 않아도 올라가

만나지 않아도 만나고
내려가지 않아도 내려가고
무너지지 않아도 무너져

슬프지 아니하랴
슬프지 아니하랴

사람들은 사랑할 때
사랑을 모른다
사랑이 다 끝난 뒤에서야 문득
인수봉을 바라본다

봄   길

길이 끝나는 곳에서도
길이 있다
길이 끝나는 곳에서도
길이 되는 사람이 있다
스스로 봄길이 되어
끝없이 걸어가는 사람이 있다
강물은 흐르다가 멈추고
새들은 날아가 돌아오지 않고
하늘과 땅 사이의 모든 꽃잎은 흩어져도
보라
사랑이 끝난 곳에서도
사랑으로 남아 있는 사람이 있다
스스로 사랑이 되어
한없이 봄길을 걸어가는 사람이 있다

추억이 없다

나무에게는 무덤이 없다
바람에게는 무덤이 없다
깨꽃이 지고 메밀꽃이 져도
꽃들에게는 무덤이 없다

나에게는 추억이 없다
추억으로 걸어가던 들판이 없다
첫눈 오던 날 첫키스를 나누던
그 집 앞 골목길도 사라지고 없다

추억이 없으면 무덤도 없다
추억이 없으면 사랑도 없다
꽃샘바람 부는 이 봄날에
꽃으로 피어나던 사람도 없다

기   차

역마다 불이 꺼졌다
떠나간 기차를 용서하라
기차도 때로는 침묵이 필요하다
굳이 수색쯤 어디 아니더라도
그 어느 영원한 선로 밖에서
서로 포기하지 않으면
사랑할 수 없다

봄 눈

봄눈이 내리면
그대 결코
다른 사람에게 눈물을 보이지 말라
봄눈이 내리면
그대 결코
절벽 위를 무릎으로 걸어가지 말라
봄눈이 내리는 날
내 그대의 따뜻한 집이 되리니
그대 가슴의 무덤을 열고
봄눈으로 만든 눈사람이 되리니
우리들에게 가장 필요한 것은
사랑과 용서였다고
올해도 봄눈으로 내리는
나의 사람아

키스에 대한 책임

키스를 하고 돌아서자 밤이 깊었다
지구 위의 모든 입술들은 잠이 들었다
적막한 나의 키스는 이제 어디로 가야 할 것인가
너의 눈물과 죽음을 책임질 수 있을 것인가
빌딩과 빌딩 사이로 낡은 초승달이 떠 있는 골목길
밤은 초승달을 책임지고 있다
초승달은 새벽을 책임지고 있다

사   랑

강가에 초승달 뜬다
연어떼 돌아오는 소리가 들린다
나그네 한 사람이 술에 취해
강가에 엎드려 있다
연어 한 마리가 나그네의 가슴에
뜨겁게 산란을 하고
고요히 숨을 거둔다

연   어

바다를 떠나 너의 손을 잡는다
사람의 손에게 이렇게
따뜻함을 느껴본 것이 그 얼마 만인가
거친 폭포를 뛰어넘어
강물을 거슬러올라가는 고통이 없었다면
나는 단지 한 마리 물고기에 불과했을 것이다
누구나 먼 곳에 있는 사람을 사랑하기는 쉽지 않다
누구나 가난한 사람을 사랑하기는 쉽지 않다
그동안 바다는 너의 기다림 때문에 항상 깊었다
이제 나는 너에게 가장 가까이 다가가 산란을 하고
죽음이 기다리는 강으로 간다
울지 마라
인생을 눈물로 가득 채우지 마라
사랑하기 때문에 죽음은 아름답다
오늘 내가 꾼 꿈은 네가 꾼 꿈의 그림자일 뿐
너를 사랑하고 죽으러 가는 한낮
숨은 별들이 고개를 내밀고 총총히 우리를 내려다본다
이제 곧 마른 강바닥에 나의 은빛 시체가 떠오르리라
배고픈 별빛들이 오랜만에 나를 포식하고
웃음을 떠뜨리며 밤을 밝히리라

폭포 앞에서

이대로 떨어져 죽어도 좋다
떨어져 산산이 흩어져도 좋다
흩어져서 다시 만나 울어도 좋다
울다가 끝내 흘러 사라져도 좋다

끝끝내 흐르지 않는 폭포 앞에서
내가 사랑해야 할 때가 언제인가를
내가 포기해야 할 때가 언제인가를
말할 수 있는 자는 누구인가

나는 이제 증오마저 사랑스럽다
소리 없이 떨어지는 폭포가 되어
눈물 없이 떨어지는 폭포가 되어
머무를 때는 언제나 떠나도 좋고
떠날 때는 언제나 머물러도 좋다

갈대를 위하여

눈보라가 친다 사라지지 마라
눈보라가 친다 흩어지지 마라
눈보라가 친다 길이 끊어진다
이미 살아갈 날들까지 길은 다 끊어진다

눈을 떠라 눈을 떠라 눈보라 사이로
언뜻언뜻 넋들을 내비치지 마라
가지 마라 가지 마라 눈보라 사이로
혼절한 발자국들을 남기지 마라

사랑이 깊으면 증오도 깊다
눈보라 사이로 밤열차는 지나간다
피리소리는 끊어지고 바람소리만 들린다
쓰러지지 않아야만 뿌리는 뿌리다
흙을 움켜잡고 있을 때만 뿌리는 뿌리다

늙은 어머니의 젖가슴을 만지며

늙은 어머니의 젖가슴을 만지며 비가 온다
어머니의 늙은 젖꼭지를 만지며 바람이 분다
비는 하루 종일 그쳤다가 절벽 위에 희디흰 뿌리를 내리고
바람은 평생 동안 불다가 드디어 풀잎 위에 고요히 절벽
을 올려놓는다
나는 배고픈 달팽이처럼 느리게 어머니 젖가슴 위로 기
어올라가 운다
사랑은 언제나 어머니를 천만번 죽이는 것과 같이 고통
스러웠으나
때로는 실패한 사랑도 아름다움을 남긴다
사랑에 실패한 아들을 사랑하는 어머니의 늙은 젖가슴
장마비에 떠내려간 무덤 같은 젖꽃판에 얼굴을 묻고
나는 오늘 단 하루만이라도 포기하고 싶다
뿌리에 흐르는 빗소리가 되어
절벽 위에 부는 바람이 되어
나 자신의 적인 나 자신을
나 자신의 증오인 나 자신을
용서하고 싶다

첫   눈

첫눈이 내렸다
퇴근길에 도시락 가방을 들고 눈 내리는 기차역 부근을
서성거렸다
눈송이들은 저마다 기차가 되어 남쪽으로 떠나가고
나는 아무데도 떠날 데가 없어 나의 기차에서 내려 길을
걸었다
눈은 계속 내렸다
커피 전문점에 들러 커피를 들고 담배를 피웠으나 배가
고팠다
삶 전문점에 들러 生生라면을 사먹고 전화를 걸었으나
배가 고팠다
삶의 형식에는 기어이 참여하지 않아야 옳았던 것일까
나는 아직도 그 누구의 발 한번 씻어주지 못하고
세상을 기댈 어깨 한번 되어주지 못하고
사랑하는 일보다 사랑하지 않는 일이 더 어려워
삶 전문점 창가에 앉아 눈 내리는 거리를 바라본다
청포장사하던 어머니가 치맛단을 끌고 황급히 지나간다
누가 죽은 춘란을 쓰레기통에 버리고 돌아선다
멀리 첫눈을 뒤집어쓰고 바다에 빠지는 나의 기차가 보

인다
　헤어질 때 다시 만날 것을 생각한 것은 잘못이었다
　미움이 끝난 뒤에도 다시 나를 미워한 것은 잘못이었다
　눈은 그쳤다가 눈물버섯처럼 또 내리고
　나는 또다시 눈 내리는 기차역 부근을 서성거린다

산을 오르며

내려가자 이제 산은 내려가기 위해서 있다
내려가자 다시는 끝까지 오르지 말자
올라가면 올라갈수록 내려가는 길밖에 없다
춘란도 피고 나면 지고 두견도 낙엽이 지면 그뿐
삭발할 필요는 없다 산은 내려가기 위해서 있다

내려가자 다시는 발자국을 남기지 말자
내려가는 것이 진정 다시 올라오는 일일지라도
내려가자 눈물로 올라온 발자국을 지우자
눈도 내렸다가 그치고 강물도 얼었다가 풀리면 그뿐
내려가기 위해서 우리는 언제나 함께 올라왔다

내려가자 사람은 산을 내려갈 때가 가장 아름답다
산을 내려갈 때를 아는 사람이 가장 아름답다
자유로워지기 위하여 강요당하지 말고
해방되기 위하여 속박당하지 말고
내려가자 북한산에도 사람들은 다 내려갔다

흐르는 서울역

선운사 동백꽃을 보고 돌아와
서울역은 붉은 벽돌 하나 베고 지친 듯 잠이 든다
나는 프란체스꼬의 집에 가서 콩나물비빔밥을 얻어먹고
돌아와
잠든 서울역에 라면박스를 깔고 몸을 누인다
잠은 오지 않는다
먹다 남은 소주를 병나발을 불고 나자 찬비가 내린다
동백꽃잎 하나가 빗물을 따라 플랫폼 쪽으로 흐른다
보고 싶은 사람은 흐르는 물과 같이 내버려두어도
언젠가는 만나야 할 곳에서 만나게 되는지
한 미친 여자가 찬비에 떨다가 내게 입을 맞추고 옆에
눕는다
옷을 벗기자 여자의 젖무덤에서도 동백꽃 냄새가 난다
낡은 볼펜으로 이혼신고서를 쓰던 때가 언제이던가
헤어지느니 차라리 그대 옆에 남아 무덤이 되고 싶던 날
들은 가고
다시 병나발을 불자 비안개가 몰려온다
안개 속에서 포크레인이 서울역을 끌고 어디로 간다
동백꽃 그림자가 눈에 밟힌다

삽

사람들이 삽을 버리고
포크레인으로 무덤을 파기 시작한다
새벽부터 산꼭대기까지 기어올라와
포크레인이 공룡처럼 으르렁거리며 산을 무너뜨린다
피를 흘리며 진달래는 좀처럼 신음소리를 내지 않는다
야외용 돗자리와 청주 병을 들고 산을 올라와
상주들은 포크레인이 무덤을 팠다는 생각을 하지 않는다
그렇다
누구에게나 하관의 시간은 짧다
김밥 한 줄 든 일회용 도시락 눕히듯 땅속에 아버지를
눕히고
서른이 넘도록 시집 안 간 막내딸이 눈물로 진달래를 꺾
어 관 위에 던진다
소주를 마시며 잠시 쉬고 있던 포크레인이 다시 몸을 뒤
튼다
둔중한 굴삭의 손을 들어 아버지의 무덤을 내리찍는다
오, 아버지는 두번 죽는다
얼마나 아플까, 저 잔인무도한 굴삭의 주먹
평생 동안 아버지는 굴욕만 당하고 살았는데

막내딸이 포크레인 앞을 가로막고 나동그라진다
막 피어나려던 잔털제비꽃도 나동그라진다
나이든 상주들은 말없이 막걸리만 들이켠다
어허 달구 노랫소리는 흐르지 않는다
포크레인에 짓이겨진 어린 진달래여
공동묘지 위를 나는 어린 까마귀여
아버지의 죽음에는 삽이 필요하다
줄담배를 피우며 비오는 날마다
흙이 되지 않으면 아니되었던
저 곤고한 아버지의 삽질을 위해
삽으로 파묻는 죽음의 따스한 손길을 위해

루즈가 묻은 담배꽁초는 섹시하다

새벽 미사가 끝나자 눈이 내린다
어깨를 구부리고 눈을 맞으며 집으로 돌아가는 골목길
롱부츠를 신은 여자가 가로등 불빛 아래 담배를 피우며
서 있다
누구를 기다리는 것일까
마지막으로 아들의 얼굴이라도 한번 더 보기 위하여 찾
아온 것일까
큰수녀님은 싸리빗자루로 성당 앞에 내리는 눈을 쓸고
나는 십자가에 매달려 있다가 기어내려온 사내처럼
알몸의 마음으로 조심스럽게 여자 앞을 지나간다
여자는 눈송이 사이로 길게 연기를 내뿜으며
입술을 내던지듯 담배꽁초를 휙 내던진다
눈길에 떨어진
붉은 루즈가 묻은 담배꽁초는 섹시하다
만나기 전에 이미 헤어지고
헤어지기 전에 이미 만난 적이 있었던가
눈은 내리는데
가로등 불빛 아래 하루살이떼처럼 눈송이는 날리는데
여자는 다시 담배에 불을 붙인다

제 2 부

허허바다

허허바다에 가면
밀물이 썰물이 되어 떠난 자리에
내가 쓰레기가 되어 버려져 있다
어린 게 한 마리
썩어 문드러진 나를 톡톡 건드리다가
썰물을 끌고 재빨리 모랫구멍 속으로 들어가고
나는 팬티를 벗어 수평선에 걸어놓고
축 늘어진 내 남근을 바라본다
내가 사랑에 실패한 까닭은 무엇인가
내가 나그네가 되지 못한 까닭은 무엇인가
어린 게 한 마리
다시 썰물을 끌고 구멍 밖으로 나와
내 남근을 톡톡 친다
그래 알았다 어린 참게여
나도 이제 옆으로 기어가마 기어가마

허허바다

찾아가보니 찾아온 곳 없네
돌아와보니 돌아온 곳 없네
다시 떠나가보니 떠나온 곳 없네
살아도 산 것이 없고
죽어도 죽은 것이 없네
해미가 깔린 새벽녘
태풍이 지나간 허허바다에
겨자씨 한 알 떠 있네

누더기별

사람이 다니는 눈길 위로
누더기가 된 낙엽들이 걸어간다
낙엽이 다니는 눈길 위로
누더기가 된 사람들이 걸어간다
그 뒤를 쓸쓸히 개미 한 마리 따른다
그 뒤를 쓸쓸히 내가 따른다
누더기가 되고 나서 내 인생이 편안해졌다
누더기가 되고 나서 비로소 별이 보인다
개미들도 누더기별이 되는 데에는
평생이 걸린다

모른다

사람들은 사랑이 끝난 뒤에도 사랑을 모른다
사랑이 다 끝난 뒤에도 끝난 줄을 모른다
창 밖에 내리던 누더기눈도
내리다 지치면 숨을 죽이고
새들도 지치면 돌아갈 줄 아는데
사람들은 누더기가 되어서도 돌아갈 줄 모른다

축하합니다

이 봄날에 꽃으로 피지 않아
실패하신 분 손 들어보세요
이 겨울날에 눈으로 내리지 않아
실패하신 분 손 들어보세요
괜찮아요, 손 드세요, 손 들어보세요
아, 네, 꽃으로 피어나지 못하신 분 손 드셨군요
바위에 씨 뿌리다가 지치신 분 손 드셨군요
첫눈을 기다리다가 서서 죽으신 분도 손 드셨군요
네, 네, 손 들어주셔서 감사합니다
여러분들의 모든 실패를 축하합니다
천국이 없어 예수가 울고 있는 오늘밤에는
낙타가 바늘구멍으로 들어갔습니다
드디어 희망 없이 열심히 살아갈 희망이 생겼습니다
축하합니다

상처는 스승이다

상처는 스승이다
절벽 위에 뿌리를 내려라
뿌리 있는 쪽으로 나무는 잎을 떨군다
잎은 썩어 뿌리의 끝에 닿는다
나의 뿌리는 나의 절벽이어니
보라
내가 뿌리를 내린 절벽 위에
노란 애기똥풀이 서로 마주앉아 웃으며
똥을 누고 있다
나도 그 옆에 가 똥을 누며 웃음을 나눈다
너의 뿌리가 되기 위하여
예수의 못자국은 보이지 않으나
오늘도 상처에서 흐른 피가
뿌리를 적신다

벗에게 부탁함

벗이여
이제 나를 욕하더라도
올 봄에는
저 새 같은 놈
저 나무 같은 놈이라고 욕을 해다오
봄비가 내리고
먼 산에 진달래가 만발하면
벗이여
이제 나를 욕하더라도
저 꽃 같은 놈
저 봄비 같은 놈이라고 욕을 해다오
나는 때때로 잎보다 먼저 피어나는
꽃 같은 놈이 되고 싶다

등 신 불

강물도 없이 강이 흐르네
하늘도 없이 눈이 내리네
사랑도 없이 나는 살았네

모래를 삶아 밥을 해먹고
모래를 짜서 물을 마셨네

잘 가게
뒤돌아보지 말게
누구든 돌아보는 얼굴은 슬프네

눈이 오는 날
가끔 들르게

바람도 무덤이 없고
꽃들도 무덤이 없네

배가 고프다

모래를 먹는다
배가 고프다
모래의 물을 마신다
목이 마르다

멍든 해당화의 손을 잡고
바닷가 기슭으로 기슭으로만 치달려도
배가 고프다

내가 얼마나 모래를 먹어야
바다가 될 수 있을까
내가 얼마나 모래를 먹어야
소금이 될 수 있을까

바위는 모래가 되어
제 이름이 없어지고
강물은 바다에 이르러
제 이름이 없어진다

모래를 먹는다
배가 고프다
다시 모래의 물을 마신다
목이 마르다
오늘은 바다가 바늘구멍으로 들어가
나오지 않는다

蘭 앞에 엎드려 울다

해 뜨기 전
蘭 앞에 엎드려 울다
강가에 나가 발을 씻고 돌아와
너부죽이 춘란 앞에 엎드려 울다
목련존자여
그대는 아직도
어머니를 위하여 울 수 있는가
망혼날 새벽
세상의 아침은 다시 오지 않고
춘란 향기는 보이지 않는데
목련존자여
적막강산에 어둠이 차다

미 시 령

봄날 미시령에
사랑하는 여자
원수 같은 여자가
붉은 치마를 입고 그네를 뛴다

죄 없는 짐승
노루새끼가 놀라 달아나고
파도 한 줄기가 그네를 할퀴고 지나가자

내가 사랑하는 여자
원수 같은 여자
그넷줄을 놓고
동해로 풍덩 빠진다

외나무다리

둥근 달이 떠 있다
짐을 내려놓아라
푸른 별이 떠 있다
길을 건너라

그대와 나의 깊은 계곡
팽나무로 만든 외나무다리 위를
반가사유상이 괴었던 손을 내리고
조심조심 걸어서 간다

짐을 내려놓아라
무겁지 않느냐
눈물을 내려놓아라
마르지 않았느냐

겨 울 밤

눈은 내리지 않는다
더이상 잠들 곳은 없다
망치를 들고 못질은 하지 않고
호두알을 내려친다
박살이 났다
미안하다
나도 내 인생이 박살이 날 줄은 몰랐다
도포자락을 잘라서 내 얼굴에
누가 몽두를 씌울 줄은 정말 몰랐다
여름에 피었던 꽃은 말라서
겨울이 되어도 아름다운데
호두나무여
망치를 들고
나를 다시 내려쳐다오

望 鏡 寺

눈 내리는 태백산을 오른다
눈길에 난 새들의 발자국을 따라
가파른 피나무 숲길을 오른다
사랑하는 사람은 어디 있는가
아직도 너의 피묻은 종소리는 들리지 않고
새들이 걸어간 하늘가에
새똥처럼 望鏡寺가 버려져 있다
오늘도 너를 용서하기 위하여
나를 먼저 용서해야 하는 일은 괴로운 일이다
오늘도 너를 만나기 위하여
절벽 위에 뿌리를 내리는 일은 괴로운 일이다
한차례 눈은 내렸다가 또 그친다
눈길에 누고 간 사람의 똥보다
새들의 똥이 더 아름답다

희방폭포

이대로 당신 앞에 서서 죽으리
당신의 숨利로 밥을 해먹고
당신의 눈물로 술을 마신 뒤
희방사 앞마당에 수국으로 피었다가
꽃잎이 질 때까지 묵언정진하고 나서
이대로 서서 죽어 바다로 가리

당 고 개

밤 열두시
열차는 더이상 가지 않는다
인수봉에 보름달은 떠 있는데
당고개역에 내린 중년의 맹인
흰 지팡이를 꺾고 벽에 기대 앉아
동전을 헤아린다
열차도 집에 가서 잠을 자야 하는데
밤은 불빛조차 한점 허락하지 않는데
인수봉에 떠오른 보름달을 헤아린다
오늘 하루도 잘 사는 것보다
잘 죽는 것이 더 어려워
마누라도 없는 동전만한 사내
톡톡 지팡이로 보름달을 치며 길을 떠난다
열차를 끌고 단란주점 지나
당고갯길을 혼자 오른다

실크 로드

발 없이 걸어서 간다
무릎 없이 기어서 간다
배가 고파 낙타의 똥을 먹는다
낙타가 내 얼굴에 침을 뱉는다
길 잃은 쌍봉낙타여
天山北路는 어디인가
달은 뜨지 않고 목이 마르다
붉은 모래를 또 먹는다
전생에 그대와 나를 잇는 비단길 하나 있었던가
삶도 없이 죽음에 이를까봐 두려워라
언제나 비극이 오는 것을 알았지만
막을 수는 없었다
나는 한낱 짐승일 뿐
눈물의 짐승일 뿐
짐승처럼 그대를 사랑했을 뿐
길 잃은 쌍봉낙타여
天山으로 가는 길은
보이지 않는다

서귀포에서

바람이 차다 창문을 닫아라
서귀포의 어둠도 추위에 떨고 있다
흐르던 폭포도 굶주림에 얼어붙는
아귀도의 눈보라가 휘몰아치고 있다

창문을 닫아라 두려움은 없다
두려움 끝에 오는 적막이 두려울 뿐
적막 끝에 오는 슬픔이 두려울 뿐
내가 가장 두려워했던 건 사랑일 뿐
세상은 나를 필요로 할 때만 사랑했을 뿐

어둠이 차다 창문을 닫아라
서귀포 앞바다의 비명소리가 들린다
저기 저 동백 꽃잎 한 점이
눈보라에 숨을 가둔다

감포에서

작살나무는 작살이 났습니다
님나무는 님을 잃었습니다
멸치는 멸치똥으로만 남았습니다
감은사 돌탑도 무너져내렸습니다
술을 마시든지 아예 침묵하십시오
죽음이 모든 것을 용서해주지는 않습니다
비극이 오는 것을 알았지만
막을 수는 없었습니다
갈매기 한 마리가
수평선을 끊어놓고 사라집니다

첫눈 오는 날

나는 죽으면 첫눈 오는 날
겨울 하늘을 날다 지친 새들 앞에서
영혼결혼식을 올리고 싶었다
하객들로 새들을 모셔놓고
어머니가 새들에게 모이를 주고 있을 때
진정으로 사랑하는 한 여자와
영혼결혼식을 올리고 싶었다
눈 속에 찬 매화는
아직 홀로 향기를 토하지 못하고
가섭은 부처님이 꽃을 들어도 미소짓지 않으나
내 언젠가 첫눈 오는 날
새들을 모시고 영혼결혼식을 올리면
여름날 소나기 한차례 지나간 뒤
부석사 앞마당에 핀 접시꽃 한 송이 꺾어
내 영혼을 축하해주십시오

칼   날

칼날 위를 걸어서 간다
한걸음 한걸음 내디딜 때마다
피는 나지 않는다
눈이 내린다
보라
칼날과 칼날 사이로
겨울이 지나가고
개미가 지나간다
칼날 위를 맨발로 걷기 위해서는
스스로 칼날이 되는 길뿐
우리는 희망 없이도 열심히 살 수 있다

갈대는 새벽에 울지 않는다

새벽 종소리가 들리는 寺下村에 첫눈이 내린다
山竹 잎새에 하얗게 내려앉은 함박눈이 벼랑 아래로 떨어진다
어머니를 찾아가는 눈길에 붉은 피가 번진다
사람들이 손에 쥔 칼을 버리고 길을 떠난다
나는 마른 강가의 갈대숲에 나가
너를 기다리다가 다시 서서 죽는다
무심히 눈송이가 쌓인다
갈대는 새벽에 울지 않는다

슬프다 구주 오셨네

슬프다 구주 오셨네
새벽에 똥이나 누고 나와 맞으라
슬프다 구주 오셨네
배추밭에 똥거름이나 뿌리고 나와 맞으라

슬프다 구주 오셨네
개 밥그릇에 밥이나 퍼주고 나와 맞으라
슬프다 구주 오셨네
푸른 시냇물에 성기나 씻고 나와 맞으라

엉덩이보다 배꼽을 흔들며
장미꽃보다 작약을 흔들며
죽은 애인의 손을 잡고 나와 맞으라
똥 친 막대기나 되어 잠이 들어라

잎새에게

하느님도 쓸쓸하시다
하느님도 인간에게 사랑을 바라다가 쓸쓸하시다
오늘의 마지막 열차가 소리없이 지나가는 들녘에 서서
사랑은 죽음보다 강한지 알 수 없어라
그대는 광한루 돌담길을 홀로 걷다가
많은 것을 잃었으나 모든 것을 잃지는 않았나니
미소로서 그대를 통과하던 밝은 햇살과
온몸을 간지럽히던 싸락눈의 정다움을 기억하시라
뿌리째 뒤흔들던 간밤의 폭풍우와
칼을 들고 설치던 병정개미들의 오만함을 용서하시라
우듬지 위로 날마다 감옥을 만들고
감옥이 너무 너르다고 생각한 것은 잘못이었나니
그대 가슴 위로 똥을 누고 가는 저 새들이
그 얼마나 아름다우냐
사랑하고 싶은 인간이 없어
하느님도 쓸쓸한 저녁 무렵
삶은 때때로 키스처럼 반짝거린다

마음의 사막

별똥 하나가 성호를 긋고 지나간다
낙타 한 마리가 무릎을 꿇고 기도한 지는 이미 오래다
별똥은 무슨 죄가 그리 많아서 저리도 황급히 사라지고
낙타는 무슨 죄가 그리 많아서 평생을 무릎조차 펴지 못
하는가
다시 별똥 하나가 성호를 긋고 지구 밖으로 떨어진다
위경련을 일으키며 멀리 녹두꽃 떨어지는 소리가 들린다
머리맡에 비수 한 자루 두고 잠이 드는 사막의 밤
초승달이 고개를 숙이고 시퍼렇게 칼을 갈고 앉아 있다
인생은 때때로 기도 속에 있지 않다
너의 영혼을 어루만지기 위해서는 침묵이 필요하다

제 3 부

새벽 기도

이제는 홀로 밥을 먹지 않게 하소서
이제는 홀로 울지 않게 하소서
길이 끝나는 곳에 다시 길을 열어주시고
때로는 조그만 술집 희미한 등불 곁에서
추위에 떨게 하소서
밝음의 어둠과 깨끗함의 더러움과
배부름의 배고픔을 알게 하시고
아름다움의 추함과 희망의 절망과
기쁨의 슬픔을 알게 하시고
이제는 사랑하는 일을 두려워하지 않게 하소서
리어카를 끌고 스스로 밥이 되어
길을 기다리는 자의 새벽이 되게 하소서

모두 드리리

그대의 밥그릇에 내 마음의 첫눈을 담아 드리리
그대의 국그릇에 내 마음의 해골을 담아 드리리
나를 찔러 죽이고 강가에 버렸던 피묻은 칼 한 자루
강물에 씻어 다시 그대의 손아귀에 쥐어 드리리
아직도 죽여버리고 싶을 정도로 나를 사랑하는지
아직도 사랑하는 일보다 사랑하지 않는 일이 더 어려운지
미나리 다듬듯 내 마음의 뼈다귀들을 다듬어
그대의 차디찬 술잔 곁에 놓아 드리리
마지막 남은 한 방울 눈물까지도
말라버린 나의 검은 혓바닥까지도
그대의 식탁 위에 토막토막 잘라 드리리

당신에게

오늘도 당신의 밤하늘을 위해
나의 작은 등불을 끄겠습니다

오늘도 당신의 별들을 위해
나의 작은 촛불을 끄겠습니다

까   닭

내가 아직 한 포기 풀잎으로 태어나서
풀잎으로 사는 것은
아침마다 이슬을 맞이하기 위해서가 아니라
바짓가랑이를 적시며 나를 짓밟고 가는
너의 발자국을 견디기 위해서다

내가 아직 한 송이 눈송이로 태어나서
밤새껏 함박눈으로 내리는 것은
아침에 일찍 일어나 싸리빗자루로 눈길을 쓰시는
어머니를 위해서가 아니라
눈물도 없이 나를 짓밟고 가는
너의 발자국을 고이 남기기 위해서다

내가 아직도 쓸쓸히 노래 한 소절로 태어나서
밤마다 아리랑을 부르며 별을 바라보는 것은
너를 사랑하지 않아서가 아니라
너를 사랑하기엔
내 인생이 너무나 짧기 때문이다

내 마음속의 마음이

내가 그대를 사랑하지 않는다면
지금 당장 내 목을 베어 가십시오
내가 그대를 사랑하지 않는다면
베어낸 내 목을
평생토록 베개로 삼아주십시오
그래도 내가 그대를 사랑하지 않는다면
다시 칼로 베개를 내려쳐주십시오
눈 내리는 그믐날 밤
기차역 부근에서
내 마음속의 마음이 말했습니다

기 다 림

내 그대가 그리워 제주도 만장굴로 걸어들어가
밤마다 그리움의 똥을 누고 용암기둥으로 높이 자라
만장굴 돌거북이 다시 바다로 유유히 헤엄쳐나갈 때까지
그대를 기다리고 또 기다립니다

못

내 그대가 그리워 허공에 못질을 한다
못이 들어가지 않는다
내 그대가 그리워 물 위에 못질을 한다
못이 들어가지 않는다

새 우 잠

너를 기다리다가 해골이 되어
동해안 백사장에 버려져 있으리라
너를 사랑하다가 백골이 되어
어린 게들의 놀이터가 되리라
햇살이 지나간 다랑이논 같은 나는
너를 바라보는 것만으로
너의 운명이 되었으나
이제는 아무도 오가는 사람은 없어
동해안 바닷물을 다 들이켜리라
게들을 따라 봄날이 올 때까지
개펄 속에 들어가 새우잠을 자리라

끝끝내

헤어지는 날까지
사랑한다는 말 한마디 하지 못했습니다

헤어지는 날까지
차마
사랑한다는 말 한마디 하지 못했습니다

그대 처음과 같이 아름다울 줄을
그대 처음과 같이 영원할 줄을
헤어지는 날까지 알지 못하고

순결하게 무덤가에 무더기로 핀
흰 싸리꽃만 꺾어 바쳤습니다

사랑도 지나치면 사랑이 아닌 것을
눈물도 지나치면 눈물이 아닌 것을
헤어지는 날까지 알지 못하고

끝끝내 사랑한다는 말 한마디 하지 못했습니다
끝끝내 사랑한다는 말 한마디 하지 못했습니다

72

첫키스에 대하여

　내가 난생 처음으로 바라본 바다였다
　희디흰 목덜미를 드러내고 끊임없이 달려오던 삼각파도
였다
　보지 않으려다 보지 않으려다 기어이 보고 만 수평선이었다
　파도를 차고 오르는 갈매기떼들을 보며
　나도 모르게 수평선 너머로 넘어지던 순간의 순간이었다
　수평선으로 난 오솔길
　여기저기 무더기로 피어난 해당화
　그 붉은 꽃잎들의 눈물이었다

기   적

수녀들이 날마다 강간을 당한다
술취한 아버지를 아들이 칼로 찌르고 방에 불을 지르고
어머니가 발가벗고 아들에게 체위를 가르친다
아침마다 지하철은 개미들을 가득 싣고 한강으로 빠지고
개들이 고무신을 신고 낙엽을 밟으며 청와대 앞길을 걷
는다
아버지도 딸의 옷을 벗기고 달 밝은 밤에 잠을 자지 않
는다
머리에 물을 들인 소녀가 화장실 변기에 앉아
아이를 낳고 바람이 되어 사라진다
어디에도 인수봉은 보이지 않는다
내가 타고 갈 영구차 하나 백목련 아래로 느리게 지나간다
산등성이마다 포크레인들이 무덤을 파느라 분주하다

거리에서

너를 사랑하는 날 거리에서 순대를 사먹는다
너를 사랑하는 날 소금에 순대를 찍어 먹으며
소금이 나의 눈물임을 기억한다

너와 이혼하는 날 거리에서 창녀를 만난다
창녀와 요강에 밥을 말아먹다가
팬티도 못 입은 채 다시 십자가에 매달린다

날이 흐르고 드디어 못질이 다 끝나고
흥건히 거리를 적시는 피를 보며
쓸쓸히 남근을 내려다본다

나도 이제 나를 속일 수 있는 놈이 되었다
굳이 봄을 기다릴 필요는 없다
거리엔 개들이 사람의 구두를 신고 다닌다

사랑할 원수가 없어서 슬프다

어느 가을날
시신 없는 영결미사에 참석하고 돌아와
내가 살아온 삶과
내가 살고 싶은 삶 사이에다 침을 뱉았다
내가 고통받을 때마다
하느님도 고통받는다는 사실이 부담스러워
내가 거역했던 운명과
내가 받아들였던 숙명 사이에다 오줌을 갈겼다
그리고 하루 종일 낙엽 따라 길을 걸었다
개미 한 마리
내 뒤를 따르다가 별을 쳐다본다
나는 오늘도
사랑할 원수가 없어서 슬프다

그는

그는 아무도 나를 사랑하지 않을 때
조용히 나의 창문을 두드리다 돌아간 사람이었다
그는 아무도 나를 위해 기도하지 않을 때
묵묵히 무릎을 꿇고
나를 위해 울며 기도하던 사람이었다
내가 내 더러운 운명의 길가에 서성대다가
드디어 죽음의 순간을 맞이했을 때
그는 가만히 내 곁에 누워 나의 죽음이 된 사람이었다
아무도 나의 주검을 씻어주지 않고
뿔뿔이 흩어져 촛불을 끄고 돌아가버렸을 때
그는 고요히 바다가 되어 나를 씻어준 사람이었다
아무도 사랑하지 않는 자를 사랑하는
기다리기 전에 이미 나를 사랑하고
사랑하기 전에 이미 나를 기다린

강   물

그대로 두어라 흐르는 것이 물이다
사랑의 용서도 용서함도 구하지 말고
청춘도 청춘의 돌무덤도 돌아보지 말고
그대로 두어라 흐르는 것이 길이다
흐느끼는 푸른 댓잎 하나
날카로운 붉은 난초잎 하나
강의 중심을 향해 흘러가면 그뿐
그동안 강물을 가로막고 있었던 것은
내가 아니었다 절망이었다
그동안 나를 가로막고 있었던 것은
강물이 아니었다 희망이었다

애인이여

잠들지 말고 기차를 타라
기차가 달려가 멈춘 그 강가
갈대숲에 버려진 은장도를 주워
정처없는 내 가슴에 내리꽂아다오
피에 젖어 바다가 흐느낄 때까지
흐느끼다 수평선이 사라질 때까지
은장도를 꽂은 채 내 싸늘한
사체 한 토막 바닷가에 던져다오
파도에 어리는 희디흰 달빛으로
달빛을 물고 나는 기러기떼로
나 죽어 살리니 애인이여
밤이 오면 잠들지 말고 기차를 타라

영안실 입구

왜 거기까지 갔니
왜 거기까지 가서 나를 부르니
마지막 너를 만나러
영안실 입구
검은 화살표를 따라
어디까지 가니
어디까지 가야 하니

돌아서버리고 싶어
들어가고 싶지 않아
벗들은 모여 흐린 불빛끼리
소주잔을 나누고
떠들썩하게 화투를 치는데
관 속에 누워
너는 뭘 하니
무엇을 버리고 떠나니

정말 사랑은 버렸니
별들이 왜 어둠속에서 빛나는지

아는 데에 일생이 걸렸다는
너의 말은 정말이니
흰 국화꽃 향기에 취한
내 인생의 저녁
불빛도 없는 길
나는 아직 아무것도
버린 것이 없는데

어디로 가니
내가 따라가도 좋겠니
운명의 권위 앞에 무릎을 꿇고
너와 나의 마지막
만남의 장소
어느 지하철역 입구에서처럼
차표를 끊고 어디로 가니
내가 따라가지 않아도
쓸쓸하지 않겠니

壽衣를 만드시는 어머니

길은 어디에도 보이지 않는데
나는 병 들어 담배도 한 대 피우지 못하는데
아직도 사랑과 욕정도 구분하지 못하는데
낡은 재봉틀 앞에 앉아
늙은 어머니 수의를 만드신다
전구를 넣어 구멍난 양말 꿰매시던 손으로
팬티에 고무줄 넣어 추스려주시던 손으로
이 병신 같은 자식아 지금까지
그런 걸 여자라고 데리고 살았나
힘없이 내 등줄기 후려치던 손으로
삯바느질하듯 어머니 수의를 만드신다
연 사흘 공연히 봄비는 내리는데
버들개지 흰눈처럼 봄바람에 날리는데
죽음이 없으면 부활도 없다는데
몇날 며칠째 정성들여 그날이 오면
아, 그날이 오면 입고 갈 옷 손수 만드신다
돋보기를 끼고도 바늘귀가 안 보여
몇번이나 병들어 누워 있는 나를 부른다
돈 없어 안안팎 명주로는 하지 못하고

굵은 삼베로 속곳부터 만들고
당목으로 안감 넣고 치마 저고리 만드신다
죽으면 썩을 것 좋은 거 하면 뭐하노
내 죽으면 장의사한테 비싸게 사지 마라
사람은 죽는 일이 더 큰 일이다
숨 끊어지면 그만인데 오래 살아 주책이다
처녀 때처럼 신나게 재봉틀을 돌리신다
봄은 오는데 먼 산에 아파트 창틈으로
고놈의 버들개지 봄눈처럼 또 오는데
나는 이혼하고 병들어 술 한 잔도 못 먹는데
죽음이 없으면 삶이 없구나
사람은 살아 있을 때 사랑해야 하는구나
사랑이 희생인 줄 모르는구나

황순원 선생의 틀니

황순원 선생님 단고기를 잡수셨다
진달래 꽃잎 같은 틀니를 끼고
단고기 무침이 왜 이리 질기냐고
틀니를 끼면 행복도 처참할 때가 있다고
천천히 술잔을 들며 말씀하셨다

아줌마, 배바지 좀 연한 것으로 주세요
우리들은 선생님의 틀니를 위해
일제히 주방을 향해 소리쳤다
황선생님만큼은 틀니 낀 인생이 되지 않기를
간절히 바라는 마음으로 술을 마셨다

틀니를 끼면 인생은 빠르다
틀니를 끼면 봄은 다시 오지 않는다
틀니를 끼기 시작하면서부터 인생의
덜미를 잡히기 시작한다
틀니를 끼는 순간부터 인간은
육체에게 비굴해진다

서울대입구 지하철역
경성단고기집을 나오자 봄비가 내렸다
황선생님을 모시고 우리들은 어둠속에서
밖을 향해 계속 길을 걸었다
걸으면 걸을수록 틀니를 끼고 이를 악물고
살아가야 할 날들이 더욱 두려워

더러는 지하철을 타고 가고
더러는 택시를 타고 가고
더러는 걸어서 가고
평생에 소나기 몇 차례 지나간
스승의 발걸음만 비에 젖었다

洗足式을 위하여

사랑을 위하여
사랑을 가르치지 마라
세족식을 위하여 우리가
세상의 더러운 물 속에 계속 발을 담글지라도
내 이웃을 내 몸과 같이 사랑할 수 있다고
가르치지 마라

지상의 모든 먼지와 때와
고통의 모든 눈물과 흔적을 위하여
오늘 내 이웃의 발을 씻기고 또 씻길지라도
사랑을 위하여
사랑의 형식을 가르치지 마라

사랑은 이미 가르침이 아니다
가르치는 것은 이미 사랑이 아니다
밤마다 발을 씻지 않고는 잠들지 못하는
우리의 사랑은 언제나 거짓 앞에 서 있다

가르치지 마라 부활절을 위하여

가르치지 마라 세족식을 위하여
사랑을 가르치는 시대는 슬프고
사랑을 가르칠 수 있다고 믿는
믿음의 시대는 슬프다

사랑의 시학

하　　응　　백

　정호승은 사랑의 시인이다. 정호승에게 사랑이라는 문제는
첫시집『슬픔이 기쁨에게』(1979)에서부터 시작하여 이 다섯번째 시
집『사랑하다가 죽어버려라』에 이르기까지 지속적인 관심의 대
상이 된다. 사전에서는 사랑의 의미를 ①아끼고 위하여 정성을
다하는 마음 ②이성에 끌리어 몹시 그리워하는 마음 ③일정한
사물을 즐기거나 좋아하는 마음 등으로 정의한다. 그러나 이러
한 사전적 의미로는 사랑의 본질적 측면을 깃털만큼도 짚어내지
못한다. 사랑은 각각의 마음이라는 용기(容器)의 형상에 따라
물과 같이 자유자재로 변하는 것이며, 그 마음의 용기도 시시각
각 변하는 것이어서, 그 누구도 알면서도 모르는 것이다. 사랑
때문에 인간은 죽기도 살기도 한다. 사랑을 안다면, 감히 인간
도 안다고 할 수 있으리라. 하지만 사랑은 '안다'라는 지식의 범
주에서 애당초 벗어나 있다. 사랑은 '아는' 것이 아니라 '하는'
것이다. 그렇기 때문에 정호승은 첫시집에서부터,

　　사랑할 수 없는 것을 사랑하기 위하여
　　용서받을 수 없는 것을 용서하기 위하여

눈사람을 기다리며 노랠 부르네
　　세상 모든 기다림의 노랠 부르네
　　　　　　　　　　　——「맹인 가수 부부」 부분

　라고 노래한다. 위 구절에서 행위 동작은 '노래한다'이다. 노래
하는 것은 맹인 부부 가수의 행위이자, 시인의 시작(詩作)이기
도 하다. 시인은 "사랑하기 위하여" "눈사람을 기다리며" 시를
쓴다. 사랑하는 데 왜 눈사람이 필요한가? 눈사람은 도대체 무
엇인가? 정호승에게 눈사람은 "자신의 눈물로 온몸을 녹이며／
인간의 희망을 만드는"(「눈사람」) 존재이며, "봄이 와도 녹지
않을"(「맹인 부부 가수」) 완결된 형태이다. 그것은 한용운의 '님'
이나 광야에서 이육사가 목메어 찾던 '초인'과도 같은 존재이기
도 하다.
　시인은 70년대를 슬픔이 미만(彌滿)한 시대로 생각한다. 그
가 첫시집에서 즐겨 다루는 시적 대상이 맹인 부부, 구두 닦는
소년, 길거리의 매춘부, 혼혈아 등의 소외되고 헐벗은 사람이
라는 것은 이를 반증한다. 다른 말로 하면 『슬픔이 기쁨에게』는
분단상황에서 산업화 과정을 거치면서 정치·경제적으로 소외
된 사람들에 대한 애정이 주조음이란 뜻이다.
　정호승의 두번째 시집 『서울의 예수』(1982)에서도 사랑을 위
한 기다림의 태도는 지속된다.

　　너희는 바람이 불 때마다
　　언제나 괴로워하지 않았느냐.
　　사랑과 믿음의 어둠은 깊어가서
　　바람에 풀잎들이 짓밟히지 않았느냐.
　　아직도 가난할 자유밖에 없는

아직도 사랑할 자유밖에 없는
너희는 날마다 해 뜨는 곳에
그리움과 기다림의 씨를 뿌려라.
　　　　　　　　　　──「서울 복음 2」부분

　　시대는 여전히 "송장메뚜기 한 마리가／온 나라의 들풀을 갉
아먹"(「서울 복음1」)는 상황이어서 '눈사람'의 변이체인 '서울의
예수'는 "겨울비에 젖으며 서대문 구치소 담벼락에 기대어 울고
있"기도 하고, "절망의 끝으로 걸어"(「서울의 예수」)가기도 한
다. 그러나 이 절망은 진정한 절망은 아니다. 절망의 끝에는 항
상 그리움이나 기다림이 있기 때문이다. 정호승의 절창 중의 하
나인 다음의 시에서도 그것은 확인된다.

지하철을 타고 가는 눈 오는 밤에
불행한 사람들은 언제나 불행하다
사랑을 잃고 서울에 살기 위해
지하철을 타고 끝없이 흔들리면
말없이 사람들은 불빛 따라 흔들린다

흔들리며 떠도는 서울밤의 사람들아
밤이 깊어갈수록 새벽은 가까웁고
기다림은 언제나 꿈속에서 오는데
어둠의 꿈을 안고 제각기 돌아가는
서울밤에 눈 내리는 사람들아

흔들리며 서울은 어디로 가는가
내 사랑 어두운 나의 사랑

흔들리며 흔들리며 어디로 가는가
지하철 타고 가는 눈 오는 이 밤
서서 잠이 든 채로 당신 그리워
　　　　　　　——「밤 지하철을 타고」 전문

　이 시의 정황은 일견 단순하다. 눈 내리는 겨울 밤 서서 졸면
서 복잡한 지하철을 타고 귀가하고 있는 한 사내의 모습이다.
그는 지하철을 내려 좌판에서 귤 한 봉지를 사들고 눈송이 몇몇
을 머리에 이고 발걸음을 재촉하는 평범한 서민층의 사내일 것
이다. 이 정황의 단순함에 비해 이 시는 정호승 시의 내용적·
구조적 특징을 상당 부분 함축적으로 말해주고 있다.
　그것은 첫째 전통적 의미에서 시를 시답게 하는 음율이 이 시
에 잘 구사되고 있다는 점이다. 이 시는 기본적으로는 4음보에
3음보가 파격으로 끼어들어 있다. 4음보는 시조나 가사에서 보
는 것처럼 우리 시가의 대표적인 율격이어서 가장 안정된 리듬
을 가진다. 이 4음보는 이 시의 배경인 지하철의 흔들림, 지하
철의 일정한 속도감과도 일치한다. 율격은 일정한 속도의 흔들
림이다. 이 시는 지하철 속에 있음으로 해서 의미상으로 흔들리
고 있으며, '흔들린다'라는 단어의 여섯번의 반복으로 인해 또
흔들리며, 4음보의 율격으로 인해 또다시 흔들린다. 3음보로
끼어드는 파격은 2연 5행, 3연 2행이다. 이 때 2연 5행의 "서
울밤에 눈 내리는 사람들아"는 호격을 사용하여 분위기를 환기
하며, 3연 2행의 "내 사랑 어두운 나의 사랑"은 사랑의 두번 반
복을 통해 리듬의 고조와 함께 사랑의 의미를 강조한다. 이러한
율격의 효과적인 사용은 정호승의 시가 우리의 전통적 시가 형
식의 율격을 훌륭하게 계승하고 있다는 뜻이기도 하다.
　둘째, 이 시는 불행이나 어두움 등의 인생의 부정적 측면을

노래한다 하더라도, 그 부정성을 차갑고 냉혹하게 묘사하지 않고 따뜻하게 감싸안고 어루만지는 정호승의 시적 태도를 잘 드러내고 있다는 점이다. 이러한 정호승의 태도를 『서울의 예수』의 해설에서 정과리는 다음과 같이 설명하고 있다.

> "눈 오는 밤에"는 눈 오는 밤이 우리에게 흔히 연상시키는 아름다움이라는 관념상의 이미지와, 실제 존재하는 불행의 현실성을 대비시킴으로써 그 불행을 선명하게 일깨워주는 동시에 그 불행을 부드럽게 감싼다.

이것은 정호승 시의 따뜻한 슬픔이라고 요약할 수 있을 것이다. 이 따뜻한 슬픔은 불행한 사람의 마음을 위무하는 기능을 가진다. 시는 칼이 될 수도 있지만 어머니의 젖가슴과 같은 성질도 가질 수 있는 것이다.

위의 두 지적은 정호승 시의 일반적 특성에 의해 얻어진 성과이겠지만, 여기에 이 시는 정호승 이전 시의 특징 중의 하나인 '관념적 체험의 픽션'(박덕규)을 벗어나 시인 자신 혹은 시인이 속한 계층의 정서를 드러냄으로써 훨씬 구체적인 현장성을 전달한다. 이러한 체험의 현장성의 비중은 정호승 전체 시에서는 상당히 낮다. 그 이유는 아마도 정호승의 시에 대한 외경심——시는 개인적이기보다는 전체와 시대에 봉사해야 한다는——에서 주로 기인하는 듯하며 한편으로는 시대적 분위기에 힘입은 듯하다.

그의 세번째 시집 『새벽편지』(1987)에서도 시인은 전체성의 사랑을 위해 노래한다. 그는 전태일을 사랑하고, "허연 최루가스를 뒤집어쓰고／홀로 울고 있는 꽃다발 하나"(「꽃다발」)를 사랑한다. 민주화 운동의 열풍 속에서 산화한 고귀한 영령들을 사

랑한다. 그리하여 시인은,

　　나는 너의 이름을 부른다
　　가을 논길을 걸어 우리 시대의 풀을 뽑으며
　　사랑으로 오는 한 사람이여
　　　　　　　　　　　——「또다른 가을」 부분

라고 노래한다. 그러나 '눈사람'이며 '예수'이기도 한 그 "한 사람"은 오기는 오는 것일까. 초월적이지 않은 그 "한 사람"은 과연 있기는 한 것인가. 시인은 절망한다. 그 절망의 정직한 보고서가 정호승의 네번째 시집 『별들은 따뜻하다』(1990)이다.
　이 시집에서 시인은 도처에서 죽음과 무덤을 노래한다.

　　오늘도 내 마음이 무덤입니다
　　헤어지는 날까지 강가에 살겠습니다
　　　　　　　　　　　——「갈대」 부분

　　내가 너를 사랑했을 때
　　너는 이미 숨겨 있었고
　　네가 나를 사랑했을 때
　　나는 이미 숨겨 있었다
　　　　　　　　　　　——「어떤 사랑」 부분

　　별들은 죽고 눈발은 흩날린다
　　날은 흐리고 우리들 인생은 음산하다
　　　　　　　　　　　——「눈발」 부분

시인이 왜 이렇게 절망하고 있는지는, 잘 알 수 없다. 그것은 공동체적 사랑의 좌절이라는 시대적·정치적 원인에서 오는 수도 있고 지극히 개인적이고 운명적인 절망에서 기인하는 수도 있다. 이 두 가지 요인이 맞물릴 수도 있다. 이제 '우리'의 사랑을 위하여 노래했던 사랑의 시인 정호승은 어디로 갈 것인가?

『별들은 따뜻하다』의 절망 이후 정호승은 7년 만에 이 시집 『사랑하다가 죽어버려라』를 출간한다. 그동안 그의 시는 어떤 모습으로 변화했을까. 절망은 과연 희망의 출구를 찾았을까? 그는 여전히 절망 속에서 암울한 죽음을 노래하고 있을까? 그의 전체성에 대한 사랑은 여전할까? 기실 이러한 물음들이 이 시집을 대하는 우리의 관심사이다.

우선 이 시집에서 가장 눈에 띄는 것은 정호승이 자기 자신을 이야기하기 시작했다는 점이다. 이전 시집에서 정호승은 대개 '우리'를, 우리들 사랑의 화해로움을 위해 노래했다. 이제 그는 과감히 그 자신을 시적 대상으로 삼는다. 과거의 시가 '관념적 체험의 픽션'의 소산이었다면, 추상적 민중을 향한 노래였다면, 그의 시는 이제 자신을 대상으로 한 시로 변했다. 때문에 그것은 구체성을 가진다. 구체적 사건을 진술한다는 것은 시인에게는 아픔이다. 그러나 그 아픔을 노래하지 않는 것은 더 큰 아픔을 시인에게 줄 수 있다. 아마도 이번 시집이 나오기까지 7년의 세월이 흘렀음은 정호승의 내면에서 벌어진 노래함과 노래하고 싶지 않음의 갈등이 그만큼 컸음을 반증하는 것이리라. 그 갈등에서 보통명사로서의 시인의 본래적 욕망이 승리한 결과, 정호승은 자신을 담담하게 고백한다.

1) 낡은 볼펜으로 이혼신고서를 쓰던 때가 언제이던가

헤어지느니 차라리 그대 옆에 남아 무덤이 되고 싶던 날들
은 가고
　　　　　　　　　　　──「흐르는 서울역」 부분

　2) 나는 이혼하고 병들어 술 한 잔도 못 먹는데
　죽음이 없으면 삶이 없구나
　　　　　　　　　　　──「壽衣를 만드시는 어머니」 부분

　1)의 시는 이별하느니 차라리 죽음처럼 암울하게 살아가는
것이 나을 것이라는 진술이다. 그러나 그는 사랑의 종말을 수긍
하지 않을 수 없었다. 2)의 시에서는 이별 후의 정신적·육체
적 고통을 이야기한다. 그러나 이 이별은 시인에게 불가항력이
어서 시인은 어쩔 수가 없었다. "언제나 비극이 오는 것을 알았
지만/막을 수는 없었다"(「실크 로드」), "비극이 오는 것을 알
았지만/막을 수는 없었습니다"(「감포에서」)에서 거듭 보이는
것처럼 그것은 시인에게 운명적인 것이었다. 하지만 시인은 그
이별 때문에 자신의 인생을 실패했다고 생각한다.

　때로는 실패한 사랑도 아름다움을 남긴다
　사랑에 실패한 아들을 사랑하는 어머니의 늙은 젖가슴
　　　　　　　　　──「늙은 어머니의 젖가슴을 만지며」 부분

　내가 사랑에 실패한 까닭은 무엇인가
　내가 나그네가 되지 못한 까닭은 무엇인가
　　　　　　　　　　　　　　──「허허바다」 부분

　이 봄날에 꽃으로 피지 않아

실패하신 분 손 들어보세요

　　　　　　　　　　──「축하합니다」부분

미안하다
나도 내 인생이 박살이 날 줄은 몰랐다

　　　　　　　　　　──「겨울밤」부분

　이 삶의 실패에 대한 자각은 시인의 지나온 삶을 꼼꼼히 생각
하게 만든다. 나의 삶은 어떠했길래 그렇게 되었나로. 다음과
같은 시가 그러한 생각의 결과로 제작된 시이다. 길지만 인용해
보자.

　첫눈이 내렸다
　퇴근길에 도시락 가방을 들고 눈 내리는 기차역 부근을 서
성거렸다
　눈송이들은 저마다 기차가 되어 남쪽으로 떠나가고
　나는 아무데도 떠날 데가 없어 나의 기차에서 내려 길을 걸
었다
　눈은 계속 내렸다
　커피 전문점에 들러 커피를 들고 담배를 피웠으나 배가 고
팠다
　삶 전문점에 들러 生生라면을 사먹고 전화를 걸었으나 배가
고팠다
　삶의 형식에는 기어이 참여하지 않아야 옳았던 것일까
　나는 아직도 그 누구의 발 한번 씻어주지 못하고
　세상을 기댈 어깨 한번 되어주지 못하고
　사랑하는 일보다 사랑하지 않는 일이 더 어려워

삶 전문점 창가에 앉아 눈 내리는 거리를 바라본다
청포장사하던 어머니가 치맛단을 끌고 황급히 지나간다
누가 죽은 춘란을 쓰레기통에 버리고 돌아선다
멀리 첫눈을 뒤집어쓰고 바다에 빠지는 나의 기차가 보인다
헤어질 때 다시 만날 것을 생각한 것은 잘못이었다
미움이 끝난 뒤에도 다시 나를 미워한 것은 잘못이었다
눈은 그쳤다가 눈물버섯처럼 또 내리고
나는 또다시 눈 내리는 기차역 부근을 서성거린다
———「첫눈」 전문

　이 시에서 "눈송이"와 "기차"는 사람과 인생길을 각각 의미한
다. 시인은 첫눈 내리는 날 기차역 부근을 서성거린다. 사람들
은 총총히 제 갈 길로 가버린다. 시인은 예나 지금이나 딱히 갈
곳이 없다. 누군가와의 연락을 취하기 위해 혹은 갈 곳을 정하
기 위해 전화를 해보지만, 시도는 불발로 끝났다. 하릴없이 그
는 커피를 마시고 담배를 피우고 라면을 먹어보지만 정신의 허
기는 그칠 줄 모른다. 그 지점에서 그는 "삶의 형식에는 기어이
참여하지 않아야 옳았던 것일까"라고 자문한다. 이 삶에 대한
회한과 실패에 대한 자책은 시인에게 "바다에 빠지는 나의 기
차"가 보이게 만든다. 지나온 삶의 궤적이 환히 시인에게 보이
는 것이다. 그래도 여전히 허기지고 갈 곳이 없어 시인은 삶의
한 모퉁이에서 머뭇거린다.
　정호승의 이 정신적 공황을 벗어날 수 있는 길은 사랑의 무상
성(無常性)을 깨닫거나 자신을 더욱 낮추어 겸허해지는 데 있
다. 그러나 이것을 안다고 해도, 쉽게 마음을 정리할 수 있는
것은 아니다. 사랑의 영역에서는 지식과 실천이 일치되지 않는
수가 대부분이며, 그것이 사랑의 근본적 속성이기 때문이다.

시인이 사랑으로 인한 내적 갈등을 겪으면서 사랑을 정의한 구절들을 보면, 정호승의 내면이 사랑의 이율배반성으로 인해 얼마나 심한 고통을 당하고 있는지 알 수 있다.

> 나는 이제 증오마저 사랑스럽다
>
> ──「폭포 앞에서」 부분

> 사랑이 깊으면 증오도 깊다
>
> ──「갈대를 위하여」 부분

> 사랑하는 일보다 사랑하지 않는 일이 더 어려워
>
> ──「첫눈」 부분

> 사랑이 끝난 곳에서도
> 사랑으로 남아 있는 사람이 있다
>
> ──「봄길」 부분

> 이제는 사랑하는 일을 두려워하지 않게 하소서
>
> ──「새벽 기도」 부분

> 사랑도 지나치면 사랑이 아닌 것을
>
> ──「끝끝내」 부분

> 우리의 사랑은 언제나 거짓 앞에 서 있다
>
> ──「洗足式을 위하여」 부분

이성(異性)적 사랑과 초월적 사랑이 뒤섞여 있는 이 사랑에 대한 진술은 논리적 일관성이 없는 것이 그 특징이다. 시인은 "사랑이 깊으면 증오도 깊"지만 그 "증오마저 사랑스럽"고, "사랑하지 않는 일"(증오) 또한 더 어려운 것이기도 하지만, 그래도 "사랑하는 일을 두려워하지 않"고 끝까지 "사랑으로 남"기를 바란다. 하지만 시인은 그 "사랑도 지나치면 사랑이 아닌 것"이며 "사랑은 언제나 거짓"이라고도 진술한다. 이러한 진술의 모순은 또는 사랑에 대한 심적 갈등은, "상처는 스승"(「상처는 스승이다」)인 것처럼, 자신도 모르게 시인에게 사랑의 본질적 속성 중의 하나인 사랑의 이중성을 깨닫게 만든다. 그 깨달음이 무의식적으로 드러난 매우 함축적인 시가 바로 「미시령」이다.

> 봄날 미시령에
> 사랑하는 여자
> 원수 같은 여자가
> 붉은 치마를 입고 그네를 뛴다
>
> 죄 없는 짐승
> 노루새끼가 놀라 달아나고
> 파도 한 줄기가 그네를 할퀴고 지나가자
>
> 내가 사랑하는 여자
> 원수 같은 여자
> 그넷줄을 놓고
> 동해로 풍덩 빠진다
>
> ──「미시령」 전문

이 시는 시인이 '봄날 미시령에서 산 아래 동해 쪽으로 붉게

핀 진달래와 푸른 바다를 보았다'가 기본 테마일 것이다. 좀더 수사가 있는 사람이라면, "봄에 미시령에 올랐더니, 붉은 진달래가 산 아래까지 쫙 피었는데, 그 아래 동해 푸른 바다가 철썩거렸어. 기가 막힌 풍경인데!" 정도로 표현했을 것이다. 그런데 그 정황을 정호승은 위와 같이 표현했다.

이 시에서는 몇가지 점이 주목된다. 붉은 치마는 물론 진달래. 이 진달래를 시인은 여자로 본다. 그것도 사랑하면서 동시에 증오하는 여자로. 진달래 - 여자 - 사랑／증오로 연결되는 것이다. 붉음과 푸름 역시 이 무의식적 이중성을 받쳐주는 색상 대비. 산과 바다 사이에, 붉음과 푸름 사이에, 사랑과 증오 사이에, 그 경계선에 "파도 한 줄기"(해안선의 흰 파도)가 가로놓여 있다. 그 "파도 한 줄기"가 "그네를 할퀴고 지나가자", 여자는 줄을 놓치고 바다에 빠진다. 다른 말로 이 이중성 사이에는 심연의 경계가 있는 것이다. 이 이중성의 애욕에서 벗어나는 길은 없을까.

다음의 시편은 시인이 그것에서 서서히 벗어나리라는 예감을 가져다 준다.

1) 누더기가 되고 나서 내 인생이 편안해졌다
누더기가 되고 나서 비로소 별이 보인다
──「누더기별」 부분

2) 내 그대가 그리워 허공에 못질을 한다
못이 들어가지 않는다
내 그대가 그리워 물 위에 못질을 한다
못이 들어가지 않는다
──「못」 전편

1)의 시에서 시인은 자신의 삶이 누더기였음을 인정한다. 그
제서야 삶이 편안해지고 "비로소 별이 보"이는 것이다. 어쩌면
이 시집 자체가 누더기인지도 모른다. 누더기 아닌 삶이 또한
어디 있으랴. 시인에게 시의 동선(動線)은 삶의 동선(動線)이
며, 삶의 동선은 시의 동선이다. "누더기가 되고 나서 내 인생
이 편안해졌다"는 편안한 진술은 오랫동안의 시련을 겪은 그야
말로 편치 않은 진술이다. 이런 과정을 겪은 다음에 사랑의 시
인 정호승에게 사랑은 어떤 의미를 가질 것인가. 2)의 시는 그
해답의 단초를 제공한다. 이 시에서 못이 왜 들어가지 않는가?
간단하다. 허공이나 물과 같은 무정형의 물질에 못질을 하였기
때문이다. "그대"라는 사랑과 그리움의 대상 자체가 원래 그런
것이 아닐까. 그 형체 없음에 애욕과 애증을 부과하는 것이 인
간의 습성이 아닌가. 결국 사랑의 끝은 제행무상(諸行無常)이
거나 기독교적 초월이다. 정호승의 이번 시집에서 가끔씩 불가
(佛家)적 선시(禪詩)풍의 노래와 그리스도적 사랑의 시편이 함
께 보이는 것도 그와 무관하지 않을 것이다. 그러나 직관과 초
월은 그 자체가 의미 있는 것이 아니라, 그 자체에 도달하는 과
정이 중요하다. 시(문학)는 언제나 세속의 일이기 때문이다.
　이번 시집에서 정호승은 관념적 '우리'에서 실존적 '나'로 시
의 중심을 이동시켰다. 이것은 하나의 결단이며 시적 제스처를
벗어난 지점이기도 하다. 이 실존적 '나'로부터 정호승의 시는
다시 시작된다. 그곳에서 우리는 정호승의 '나'를 보면서 동시
에 '우리'의 모습을 보게 될 것이다. 친근한 그리고 그리운 우리
들의 모습을.

후   기

90년 가을에 『별들은 따뜻하다』를 낸 이후 7년 만에 다섯번째
시집을 내게 되었다. 그동안 시를 쓰지 않고 살아온 날들이 후
회스럽다. 그러나 후회할 일이라도 있어 다행스럽다.

이번 시집을 정리하면서 한가지 깨달은 게 있다면 '희망 없이
도 열심히 살아갈 수 있는 희망'이 시를 통해서 이루어질 수 있
을 것 같다는 사실이다. 그동안 시가 나를 구원해주지는 않았으
나, 나를 늘 위무해주었다. 혹시 이 시집을 통해 단 한 사람이
라도 나처럼 위무받는 사람이 있다면 그것만큼 더 좋은 일은 없
겠다. 시를 쓸 수 있는 능력을 주신 절대자에게 감사드린다.

1997년 5월

정   호   승

창비시선 161

사랑하다가 죽어버려라

초판 1쇄 발행 / 1997년 5월 25일
초판 45쇄 발행 / 2022년 10월 26일

지은이 / 정호승
펴낸이 / 강일우
펴낸곳 / (주)창비
등록 / 1986년 8월 5일 제85호
주소 / 10881 경기도 파주시 회동길 184
전화 / 031-955-3333
팩시밀리 / 영업 031-955-3399 편집 031-955-3400
홈페이지 / www.changbi.com
전자우편 / lit@changbi.com

ⓒ 정호승 1997
ISBN 978-89-364-2161-8 03810